*Classiques Juniors*
Collection animée par Noëlle Degoud

# LA VOUIVRE

**XAVIER MARMIER**

*Texte intégral*
Présentation de
Nicole Niderlinder

Illustrations de Frédéric Ruillier



Larousse

17, RUE DU MONTPARNASSE – 75298 PARIS CEDEX 06

*Le présent volume appartient à la dernière édition* (revue et corrigée) de cet ouvrage. La date du copyright mentionnée ci-dessous ne concerne que le dépôt à Washington de la *première édition.*



Librairie Larousse (Canada) limitée, propriétaire pour le Canada des droits d'auteur et des marques de commerce Larousse. — Distributeur exclusif au Canada : les Éditions Françaises Inc., licencié quant aux droits d'auteur et usager inscrit des marques pour le Canada.

ISBN 2-03-870255-1

Xavier Marmier vécut au siècle dernier.

Né à Pontarlier en 1809 et mort à Paris en 1892, c'est un écrivain très célèbre à son époque et il est élu à l'Académie française. Aujourd'hui, il est surtout connu pour avoir traduit les légendes populaires d'Islande, du Danemark et de Suède, où il avait beaucoup voyagé.

C'est dans le folklore de sa province natale qu'il a puisé l'histoire que tu vas lire.

En Franche-Comté, plus qu'ailleurs encore, vit un animal fabuleux : c'est la vouivre.

Comment la décrire ? Imagine-toi une sorte de grand serpent aux ailes de chauve-souris, mais d'un aspect tout à fait agréable. Lorsqu'elle se baigne, la vouivre dépose sur le rivage la pierre précieuse qu'elle porte sur le front.

Mais, par sa splendeur autant que par son prix inestimable, cette espèce de diamant excite la convoitise des grands comme des petits.

Si l'on parvient à s'en emparer et qu'on la vende, alors on devient si riche qu'on n'a plus qu'à se tourner les pouces pour le restant de ses jours. Encore faut-il être moins naïf que Paul...

Cela dit, chut ! Place à la lecture...

## La vouivre

Ceux qui ont passé quelque temps dans les poétiques montagnes de Franche-Comté, et assisté, sous le toit rustique d'une maison de paysan, à quelque veillée d'hiver, ont tous entendu parler de la vouivre, serpent ailé, être magique, qui, dit-on, glisse dans les airs comme une lueur rapide, se baigne dans les flots comme une autre Mélusine, et porte à son front une escarboucle plus précieuse que tous les diamants de la couronne de France. Les amateurs de vieilles traditions ne sont pas d'accord sur l'idée symbolique qui doit être évidemment représentée par cette merveilleuse créature ; et M. D. Monnier, qui a écrit tant de curieuses pages sur les vieilles croyances de nos aïeux, n'a pu lui-même, avec tout son savoir et son habileté, résoudre cette importante question.

Beaucoup de gens pensent que la vouivre est l'emblème de la fortune, qu'elle en représente la rapidité par ses ailes, l'éclat par son escarboucle, les détours capricieux par ses anneaux de couleuvre.

Ce que la tradition affirme, c'est que la vouivre, avant de se plonger dans les sources solitaires et les ruisseaux voilés dont elle aime à fendre l'onde limpide, dépose sur le rivage cette splendide escarboucle qui est son œil, sa prunelle, sa lumière. Si, dans le moment où elle s'abandonne ainsi à la volupté de son repos, quelqu'un pouvait adroitement s'emparer de ce diamant inappréciable qu'elle a soin de cacher entre les roseaux les plus élevés ou dans le gazon le plus touffu, ah ! celui-là serait assez riche ; car ni les mines du Brésil, ni les montagnes de l'Oural n'ont jamais livré aux regards avides des hommes un diamant pareil.

Une foule d'ambitieux Franc-Comtois ont rêvé la conquête de ce trésor, et ont guetté la

vouivre au bord de maint lac et de maint ruisseau. Moi-même je me souviens qu'aux jours de l'enfance, de cet âge crédule, de cet âge sans pitié, comme a dit le bon La Fontaine, j'ai plus d'une fois erré le long des bords du Doubs avec l'espérance d'y voir descendre la vouivre, et la pensée coupable de lui dérober son œil unique. Mais apparemment que les bonnes vieilles femmes, qui voulaient m'enseigner de point en point les habitudes et l'itinéraire de la vouivre, n'étaient pas si instruites qu'elles le prétendaient, ou ne voulaient point me faire profiter de leur instruction, car je n'ai jamais vu la vouivre, et je n'ai jamais pu, à mon grand regret, je l'avoue, lui enlever son escarboucle. Mais Paul Dubois la lui enleva une fois, il y a environ cent ans, et je puis vous dire ce qui en arriva.

Paul Dubois était le plus jeune fils d'un brave vigneron de Mouthier, qui, par ses habitudes d'ordre et de labeur, était parvenu à se faire une honnête aisance. De six beaux enfants que le ciel lui avait donnés, quatre garçons et deux filles, les cinq premiers avaient été, dès leur bas âge, appelés à partager les travaux de leurs parents. Tandis que les garçons s'en allaient avec leur père labourer les champs et planter des ceps de vigne, les jeunes filles aidaient leur mère dans ses occupations domestiques ; elles prenaient soin des bestiaux, préparaient les repas des gens de la maison et filaient le chanvre pour faire des vêtements.

Paul naquit à une époque où la famille commençait déjà à jouir d'une petite fortune, acquise peu à peu et arrosée de bien des sueurs. Plus heureux que ses frères, au lieu d'être astreint à la rude tâche de chaque jour, il fut confié aux soins d'un instituteur que l'on regardait comme un grand savant, car il faisait une addition en un clin d'œil et lisait couramment les vieux actes écrits sur parchemin.

La bonne Madame Dubois, qui adorait son dernier-né, voulut qu'il reçût l'éducation d'un clerc, et, dans ses rêves d'amour maternel, elle le voyait déjà revêtu de la soutane, chapelain de quelque grand seigneur, ou, si sa vocation ne le portait pas vers l'état ecclésiastique, elle se le représentait investi des honorables fonctions de tabellion – et, qui sait ? peut-être même bailli du district. À sa prière, le curé de Mouthier avait bien voulu donner quelques leçons de latin à ce petit benjamin, et les bonnes dispositions de l'enfant ne contribuaient pas peu à entretenir dans le cœur de sa tendre mère une naïve pensée d'orgueil et un ambitieux espoir.

Mais un soir que Paul rentrait sous le toit paternel, apportant en triomphe une belle grande page qu'il venait d'écrire avec tous les procédés de la plus élégante calligraphie, un problème d'arithmétique qu'il avait lui-même résolu et un livre que son maître lui avait donné comme un témoignage éclatant de satisfaction :

« En voilà assez, dit le père Dubois, Paul ne retournera plus à l'école ; je suis fort content qu'il manie si bien la plume et qu'il s'entende à ranger en bon ordre des chiffres sur le papier, cela peut servir à l'occasion ; mais il en sait déjà plus que je n'en ai jamais appris ; je ne veux pas faire de lui un monsieur qui porte des culottes de soie et qui batte le pavé

des grandes villes, tandis que ses frères travailleront comme des manœuvres. Nous sommes vignerons de père en fils, tous gens probes et sans reproches, Dieu soit loué ! Je veux qu'il soit vigneron comme nous, et, dès demain, je lui mets le hoyau entre les mains. »

La pauvre mère souffrit beaucoup en entendant formuler cet arrêt. Cependant elle comprenait qu'elle ne pouvait équitablement établir une distinction si marquée entre ses enfants, en vouer un à la tâche facile de l'école, et laisser les autres s'épuiser toute l'année dans un travail pénible. Elle savait d'ailleurs que, quand son mari exprimait en termes si nets une résolution, il ne fallait pas tenter de l'en faire changer. Elle baissa la tête en silence, étouffant au fond de son cœur un gros soupir, et se résigna, attendant du temps et des circonstances un moyen de faire revivre et de mettre à exécution ses projets.

Paul prit la serpette et le hoyau, et s'en alla avec ses frères travailler à la vigne. Mais il était aisé de voir que ce travail lui causait une peine extrême et qu'il ne l'entreprenait que pour obéir à la volonté de son père. Les jours suivants, cet acte de résignation frappa tous les regards ; ses frères eux-mêmes, qui naguère ne pouvaient se défendre à son égard d'un certain sentiment de jalousie, furent émus de le voir accomplir si docilement une tâche qui lui semblait si difficile et, dès qu'ils se trouvaient seuls avec lui, loin des regards de leur père, ils l'engageaient à quitter son lourd instrument de travail et à se reposer, lui promettant de faire entre eux, par un surcroît d'efforts, la besogne qui lui était assignée.

Paul était d'ailleurs d'une constitution délicate qui ne lui permettait pas de rester plusieurs heures comme eux courbé sur le sol. Il cédait à ces affectueuses instances, s'asseyait sur un tertre de gazon au flanc du coteau, en

face de ces magnifiques bassins de verdure, de ces majestueux remparts de roc qui entourent les délicieuses vallées de Mouthier, et passait une partie de sa journée à regarder et à rêver.

Le soir, auprès du foyer de famille, il restait la tête appuyée sur ses mains, écoutant en silence les traditions populaires du village, racontées par quelque bonne vieille femme, et s'élançant, par la pensée, dans les châteaux fabuleux, dans le monde magique dont ces traditions dépeignaient naïvement les merveilles. La vouivre surtout occupait souvent son esprit, la vouivre avec ce trésor

inappréciable qu'elle portait au front, avec toutes les idées de bonheur qui s'attachaient à une telle conquête et qui devaient naturellement séduire l'imagination d'un jeune homme. La nuit, il voyait reluire l'escarboucle féerique dans ses songes et, le matin, en s'en allant dans les champs, il la cherchait aux bords de la Loue.

À force d'entretenir ce rêve dans son imagination, il lui donna la puissance d'une pensée constante, impérieuse. Il finit par se persuader qu'il parviendrait quelque jour à s'emparer de l'escarboucle précieuse, et il y parvint.

Un soir d'automne, on ne sait comment, il arriva juste à l'endroit où la vouivre se baignait dans les flots de la rivière, vit le diamant qui étincelait dans la mousse, s'en empara et s'enfuit tout éperdu. À peine avait-il saisi l'escarboucle qu'on entendit un cri lamentable, sans doute le cri de la pauvre vouivre aveugle. Un instant, ce gémissement profond l'attendrit ; il s'arrêta et se retourna, dominé par un sentiment de compassion ; mais ce souhait, qui l'avait si longtemps occupé, ce désir ardent de posséder la pierre précieuse, l'entraîna de nouveau. Il rentra tout haletant et effaré sous le toit paternel, et courut s'enfermer dans sa chambre. Sa mère, inquiète, vint frapper à sa porte : il fit semblant de dormir ; mais il ne dormait pas. Il tenait entre ses mains l'escarboucle, et ne se lassait pas de la contempler, et, à mesure qu'il la contemplait, il sentait s'éveiller en lui des désirs impétueux, des visions étranges qu'il n'avait jamais pressentis. Aux rayons éblouissants de l'escarboucle, il croyait voir s'ouvrir devant lui un nouveau monde, étincelant d'or et de pierreries, et peuplé de créatures idéales qui dansaient et chantaient sous un ciel d'azur éclairé par d'innombrables soleils. Il entendait encore résonner dans son

refuge la voix désolée de la vouivre, mais il avait déjà fermé l'oreille aux tendres accents de sa mère, il ferma l'oreille encore aux lamentations de la malheureuse vouivre, et se jeta sur son lit, poursuivant, à demi endormi, à demi éveillé, ses songes fantastiques.

Le lendemain était un dimanche. Dès le matin, la famille se préparait à aller à la messe. Les jeunes filles tiraient de l'armoire de noyer leurs plus belles robes et leurs plus beaux fichus ; les garçons se plongeaient la tête dans un seau d'eau, puis peignaient avec soin leur longue chevelure ; le père Dubois lui-même s'occupait avec une certaine satisfaction de sa rustique toilette. Il était marguillier de son village et prétendait figurer convenablement au banc d'honneur de l'église. Paul prétexta un violent mal de tête pour se dispenser de sortir. Depuis plus de deux heures il était assis sur son lit, tournant et retournant entre ses doigts l'escarboucle, et parcourant successivement dans le rapide essor de son imagination toute l'échelle des rêves les plus capricieux. À travers cette espèce d'hallucination fiévreuse, ses vagues et flottantes chimères, une idée s'implantait opiniâtrement dans son esprit, l'idée de partir, d'abandonner l'humble demeure champêtre

où son diamant ne serait qu'un trésor inutile, et de s'en aller dans quelque grande ville chercher les joies et la fortune que sa chère escarboucle devait lui donner. En quelques instants, cette idée devint un projet, et ce projet une décision.

Il se sentait bien encore intérieurement troublé et inquiet des sollicitudes que son mystérieux départ causerait à ses parents, des larmes qu'il ferait répandre à sa bonne mère. Mais, se disait-il, je leur écrirai dès que j'aurai vendu mon diamant, je leur enverrai assez d'argent pour acheter encore des vignes, des champs, et je viendrai les revoir dès que j'aurai à mon gré parcouru le monde. Ce qu'il ne disait pas, ce qu'il ne reconnaissait pas lui-même, c'est que la possession de ce diamant si longtemps convoité lui avait déjà changé le cœur. La veille, il avait caché à tous les regards l'escarboucle comme un larcin ; il avait refusé de répondre à sa mère ; le matin, il avait menti, et il allait commettre froidement une atroce cruauté en désertant la maison paternelle.

Dès qu'il vit ses parents cheminer vers l'église, il s'habilla, ferma la porte et, tournant le village par un sentier qui côtoie les plateaux de Hautepierre, il se dirigea vers la route de Besançon. Arrivé à la pointe du coteau, à l'endroit d'où on découvre dans toute sa fraîche et pittoresque beauté le vallon de Mouthier avec sa magnifique ceinture de bois et de rochers, et la vallée de Lods avec ses forêts d'arbres fruitiers, il se retourna pour voir encore les lieux qu'il allait quitter. La cloche tintait dans la vieille tour de l'église, et quelques bonnes gens en retard, portant leur livre à la main, hâtaient le pas pour arriver assez tôt à l'office divin. Un instant son âme fut émue de ce spectacle qui éveillait en lui tant de doux souvenirs, mais bientôt ses songes de fortune l'emportèrent sur cette pieuse sensation ; il détourna la tête comme

pour s'arracher à une tentation dangereuse, se remit en marche et, vers le soir il entrait, par la porte Taillée, dans les murs de Besançon.

Une fois là, il s'arrêta, ne sachant trop de quel côté se diriger ; son escarboucle à la main, il se disait bien avec sa confiance de jeune homme qu'il était assez riche ; mais encore fallait-il trouver un marchand, et d'abord un hôtel pour y passer la nuit. Tandis qu'il s'en allait de côté et d'autre, les yeux en l'air, toisant les étages de toutes les maisons et cherchant une enseigne de bon augure, il fut arrêté par un petit homme noir, dont la figure, en essayant de sourire, grimaçait d'une façon affreuse. Les vieilles femmes de Mouthier qui racontent cette véridique histoire prétendent que ce petit homme noir était le diable. Mais le fait n'est nullement démontré, d'autant que le diable a toujours une difformité qui le désigne suffisamment à l'animadversion de toute âme chrétienne, soit une grande paire de cornes, soit un œil flamboyant ou un pied fourchu, et l'individu dont il s'agit n'avait, au dire même de Paul, aucun de ces signes sataniques. Il était habillé fort décemment, et son langage et ses manières annonçaient un personnage parfaitement bien élevé et fort poli. Il s'approcha de Paul le chapeau à la main, il s'enquit avec une aimable prévenance de l'objet de ses recherches, lui offrit de le conduire lui-même dans un très bon hôtel, où l'on ne recevait, disait-il, que des gens comme il faut ; puis, tout en marchant à côté de lui, et en causant des monuments de Besançon, de ses promenades et des fêtes publiques, il gagna si vite et si bien la facile confiance de Paul que le jeune aventurier n'hésita pas à lui conter de point en point qui il était, quelle découverte il avait faite, et quel motif l'amenait dans la vieille capitale de la Franche-Comté.

« En vérité, mon jeune homme, s'écria alors l'inconnu, vous devez rendre grâce au hasard qui m'a amené sur votre route, vous ne pouviez faire une meilleure rencontre : car sachez que je suis maître Finlappi, connu dans toute la province comme l'un des plus habiles joailliers qui existent. Il n'y a pas ici une paire de pendants d'oreilles, un bracelet précieux, un collier de perles qui n'aient passé par mes mains, et je ne borne point le cercle de mes entreprises à ce qu'on peut attendre de moi dans les villes de Franche-Comté. J'ai un atelier, un magasin à Paris même, et c'est là qu'il faut que vous alliez vous-même, si vous voulez user comme il convient du trésor que la fortune vous envoie. Peste ! le diamant de la vouivre ! Ah ! il y a longtemps que je désire le voir, et je vous en donnerai sans

marchander une somme dont vous serez vous-même stupéfait. Ah ! vous êtes heureux, jeune homme ! vous entrez dans la vie par la bonne porte, par la porte d'or, et il ne tiendra qu'à vous bientôt de faire une belle figure dans la capitale de France, de marcher de pair avec les plus riches seigneurs, de voir le roi.

– De voir le roi ! s'écria Paul, qui écoutait ce dithyrambe du joaillier avec un enthousiasme toujours croissant. Vous croyez que je pourrais avoir l'honneur d'approcher le roi ?

– Oui, certainement, reprit Finlappi, et c'est moi-même qui vous en donnerai les moyens si vous voulez avoir quelque confiance en moi. Ne me remerciez pas ; en agissant ainsi, je ne fais que céder à mon propre penchant. Votre physionomie m'intéresse, et puis, je vous le dirai, j'aime les gens heureux, les gens qui sont nés sous une bonne étoile, et qui, dès les premiers pas dans la vie, se trouvent choyés et dorlotés par la fortune. Il y a du plaisir à s'occuper de ces gens-là, car on sait que les services qu'on cherche à leur rendre fructifient comme le grain jeté sur une terre féconde. Quant à ces malheureux qui travaillent, qui s'épuisent pour amasser jour par jour, à la sueur de leur front, de quoi acheter une cabane et un coin de champ, ce sont des misérables dont la vue ne m'inspire qu'un profond mépris. »

Hélas ! se dit Paul, mon père a travaillé ainsi, et c'est pourtant un brave homme. Mais il n'osa faire cette réflexion à haute voix de peur de paraître, devant son nouvel ami, au-dessous de sa situation.

« Ainsi donc, ajouta Finlappi, si vous voulez vous en rapporter à moi, je me charge de placer votre bijou ; et justement je sais un très haut personnage qui donnerait plusieurs de ses châteaux pour un tel diamant. Vous partirez pour Paris ; je dois moi-même y aller dans quelques jours, et je vous retrouverai là.

– Mais, pour partir, balbutia Paul...

– Ah ! j'entends ce que vous voulez dire. Vous arrivez de votre village de Mouthier, où l'on voit, sans doute, plus de cailloux que d'écus, et votre bourse est vraisemblablement trop peu garnie pour que vous puissiez... C'est bon, c'est bon, je vous avancerai moi-même l'argent nécessaire pour que vous puissiez vous rendre dignement à Paris ; et, afin que vous ne croyiez pas que je songe à abuser de votre jeunesse et de votre confiance, vous garderez avec vous l'escarboucle, et vous me la remettrez là-bas en échange d'une belle pile d'argent. »

À cette libérale proposition, Paul fut près de se jeter dans les bras du joaillier et de le serrer sur son cœur.

« Oh ! le généreux homme ! se disait-il, quelle énergie de caractère ! quel esprit lumineux et quelle grandeur d'âme ! Et notre bon curé qui me répétait si souvent que dans les villes il fallait se tenir sans cesse en garde contre les voleurs et les fripons. Pour mon début, j'ai du bonheur ! car voilà un individu qui me voit pour la première fois et qui me traite avec un dévouement sans égal.

– À quoi pensez-vous donc ? demanda Finlappi.

– Ah ! mon digne monsieur, répondit Paul, je pense que je ne puis assez remercier le sort qui m'a fait rencontrer un homme tel que vous, et je voudrais bien, avant de partir pour Paris, écrire à mes parents pour leur raconter tout mon bonheur.

– Attendez quelques jours. Quand vous aurez vu la capitale, quand vous aurez été présenté à la Cour (car il faut que vous soyez présenté à la Cour), quand vous jouirez enfin de la splendide fortune que vous tenez entre vos mains, vous réjouirez bien plus le cœur de vos parents en leur annonçant tant de merveilles.

– Vous avez raison, monsieur, reprit Paul, et je pourrai leur envoyer de Paris quelques beaux présents que je ne parviendrai peut-être pas à me procurer à Besançon.

– C'est parfaitement juste. Vous enverrez à madame votre mère des robes de velours, des dentelles à mesdemoiselles vos sœurs, des armes damasquinées et des chaînes d'or à vos frères. »

Cette fois, Paul regarda le joaillier avec défiance, pensant que ces paroles n'étaient qu'une amère moquerie, mais le visage de Finlappi ne trahissait pas la moindre apparence d'ironie.

« Allons, se dit Paul, il parle sérieusement, et il est certain à présent que je suis immensément riche. »

Tout en causant ainsi, le jeune homme et son conducteur étaient arrivés au milieu de la rue Battant, l'une des rues les plus populeuses et les plus bruyantes de Besançon.

« Voilà, dit Finlappi en montrant à son compagnon une large maison à pilastres noircis par le temps, voilà l'hôtel du Croissant,

l'hôtel de tous les gens riches et de tous les gentilshommes du pays. Je vais moi-même vous y introduire, et demain, si vous voulez suivre mon conseil, je vous remettrai une somme d'argent avec laquelle vous pourrez voyager tout à votre aise.

Paul n'était plus en état de faire la moindre objection à tout ce que lui disait le joaillier. Il se sentait dominé, fasciné par le regard, par l'accent de voix de cet homme, et le regardait comme l'être le plus noble, le plus généreux qu'il fût possible de rencontrer à la surface de la terre. Le soir, quand il se trouva seul dans la chambre qu'on lui avait assignée à l'hôtel, après avoir fait un large souper, comme un homme qui n'a pas à se préoccuper d'un vulgaire calcul d'économie, il se mit à repasser dans son esprit tout ce qu'il venait d'entendre. Et, à chaque parole qu'il se rappelait, il se sentait saisi d'un transport de joie inexprimable. Le joaillier, après l'avoir conduit dans sa chambre, n'avait demandé qu'à jeter un coup d'œil sur l'escarboucle, et il était resté stupéfait de sa splendeur.

« Vous me verrez demain, avait-il dit, et vous serez content de moi. »

Le lendemain, en effet, de bonne heure, il entra dans la chambre de Paul, portant sous le bras un sac d'argent.

« Voici, dit-il, cinq cents écus que je vous donne à compte sur le marché que j'espère bientôt conclure avec vous. Vous pouvez partir ce soir même, et vous irez m'attendre rue Dauphine, hôtel du Faucon. »

Paul lui serra la main avec l'expression d'une ardente reconnaissance. Il employa le reste de la journée à échanger ses simples habits de paysan contre des vêtements plus distingués, et le soir même il était en route pour Paris.

Deux heures après son arrivée à Paris, Paul se promenait au hasard dans les rues de cette ville dont on parlait à Mouthier comme d'une

fabuleuse région. De la rue Dauphine, où il était venu loger selon les indications de Finlappi, il s'était dirigé, tout naturellement, vers le Pont-Neuf, et quel fut son étonnement lorsque, à l'angle de ce pont, il aperçut au milieu d'un chaos de gens, le joaillier qu'il croyait encore à Besançon.

« Eh quoi ! s'écria-t-il en s'élançant avec bonheur à sa rencontre, mon cher monsieur, est-ce vous ?

– Oui, mon jeune ami, répondit le joaillier d'un ton jovial, c'est moi-même en personne, comme vous voyez, même habit, même chapeau et même figure. Je me suis procuré des moyens de transport plus rapides que les vôtres. Il y a deux jours que je suis ici, et j'ai déjà fait bien de la besogne. D'abord j'ai vu le personnage dont je vous parlais, et qui achètera, je crois, l'escarboucle. En second lieu, je vous ai trouvé une demeure convenable, car vous ne pouviez rester à l'hôtel qu'en passant. Vous aurez près du Palais-Royal, dans le quartier élégant du monde, votre maison à vous, vos gens, votre carrosse, et vous pourrez dès aujourd'hui, s'il vous plaît, commencer cette vie de gentilhomme. Je vous prierai seulement de vouloir bien me confier l'escarboucle pour

que je la fasse voir à la personne qui désire l'acheter ; je vais vous remettre quelques milliers d'écus pour vos premières fantaisies ; usez de votre argent largement et, quand vous n'en aurez plus, voici mon adresse ; écrivez-moi ou venez me trouver. Ma caisse vous est ouverte. »

Paul avait passé par tant d'émotions dans l'espace de huit jours que ces paroles du joaillier ne pouvaient même plus le surprendre. Il accepta sans réflexion aucune la proposition qui lui était faite, reçut, sans trop y regarder, l'argent qui lui fut remis, et s'installa sans façon dans la riante et coquette demeure que Finlappi lui avait fait préparer.

Il n'est chose en ce monde à laquelle on s'habitue si aisément qu'à la fortune ; dès qu'on en jouit, il semble qu'on y ait été préparé dès son enfance, tant on s'y trouve promptement bien et à son aise, tant on se sent en un clin d'œil, on ne sait par quelle intuition, façonné aux allures et au langage de l'homme riche.

Tout en entrant dans les appartements dorés, sculptés, où il allait régner en maître, Paul, l'innocent enfant de village, se trouva subitement transformé. Il prit le ton haut et sec, le geste superbe et impérieux. Il hésitait d'abord à demander certains services à ses

gens ; bientôt il les traita sans ménagement et sans pitié ; il criait, il s'irritait à tout instant contre l'insolence de l'un, contre la maladresse de l'autre, contre le peu d'invention de son cuisinier ou la lenteur de son cocher ; bientôt aussi il eut un ami ; que dis-je, un ami ? plusieurs amis, tous jeunes gens de la première distinction, portant l'habit à paillettes, le chapeau à plumes, l'épée au côté, et tenant à honneur de cultiver l'affection de Paul et de lui être agréables.

D'abord on l'avait appelé, dans la maison qu'il habitait et dans les cercles qu'il formait autour de lui, M. le chevalier ; on lui donna

ensuite, tout aussi libéralement, le titre de baron. Mais celui de ses amis qui lui montrait le plus de dévouement déclara qu'il ne pouvait se résigner à voir son meilleur ami décoré d'une qualification si modeste ; qu'il savait de source certaine, par des recherches faites chez d'Hozier lui-même, que Paul était marquis, qu'il fallait que désormais chacun ne lui donnât que le titre de marquis, et Paul s'intitula le marquis du Bois.

Si ses amis lui offraient chaque jour d'éclatants témoignages de l'empressement qu'ils éprouvaient à le rencontrer, et du désir de le voir figurer honorablement dans le monde, lui, de son côté, les traitait avec une superbe générosité. Bals et spectacles, promenades et soupers, le bon Paul payait toutes les parties de plaisir où ses amis le conduisaient, sans compter que maintes fois, soit à une table de jeu, soit dans quelque splendide magasin, ces excellents amis se trouvaient dans l'embarras : celui-ci avait oublié sa bourse, cet autre avait perdu au lansquenet tout son revenu d'une année, et Paul était là qui perdait lui-même, mais qui se croyait assez riche pour satisfaire à tous les vœux de ses compagnons et réparer tous les désastres. Un respectable vieillard, qui

demeurait près de lui et qui le rencontrait de temps à autre, lui dit bien un jour :

« Prenez garde, monsieur, on vous trompe, on vous pille, et l'on rit de vous. Je n'ai pas l'honneur d'être connu de vous, et vous trouverez peut-être étrange que je me permette de vous donner cet avis, mais j'obéis à une charitable pensée, et je désire qu'elle vous soit utile.

– Fi donc ! s'écria Paul. Comment osez-vous soupçonner l'honneur et la délicatesse d'une demi-douzaine de parfaits gentilshommes ? »

Et il se précipita avec une nouvelle ardeur dans le tourbillon des fêtes où ses joyeux amis s'applaudissaient de l'entraîner.

Il va sans dire que, dans un tel train de vie, l'argent que lui avait remis le joaillier devait fort lestement s'échapper de ses mains ; trois semaines n'étaient pas écoulées qu'il fut forcé de revenir à la caisse de Finlappi :

« Bravo ! mon jeune gentilhomme, dit le joaillier en le voyant entrer. Je remarque avec plaisir que, si la fortune vous a généreusement traité, vous n'êtes point de ces êtres stupides qui se croient obligés de dérober à tous les regards les biens dont ils devraient gaiement jouir. Je n'ai pas encore vendu votre diamant, mais prochainement, j'espère, tout sera fini.

En attendant, voici pour continuer le cours de votre aimable existence les plus belles pièces d'or qui se puissent voir dans le royaume de France et de Navarre ; ne les épargnez pas. »

En parlant ainsi, le joaillier avait dans le regard, dans la voix, une expression de sarcasme froid, méchant, qui frappa singulièrement Paul. Le jeune aventurier ne fit cependant aucune observation, il versa légèrement les pièces d'or dans les poches de son habit, et s'en alla d'un pas leste rejoindre sa cohorte de gais camarades.

La semaine suivante, il revint demander la même somme, et quelques jours après encore ; car le monde où il vivait l'entraînait de plus en plus, et chaque nouvelle flatterie de ses prétendus amis était comme une nouvelle lettre de change tirée sur lui, qu'il s'empressait d'acquitter avec une confiance

sans égale. On lui prodiguait des éloges, on vantait ses façons exquises, son langage, sa grandeur d'âme, tout, jusqu'à sa cravate brodée, jusqu'à la coupe de ses vêtements, qui devaient, disait-on, attirer les regards des plus grands seigneurs et faire une révolution dans la mode. Déjà le roi l'avait remarqué en passant et avait témoigné le désir de le voir. Les dames du haut parage voulaient le posséder dans leurs cercles. On attendait à tout instant un gentilhomme de la Chambre, qui devait le prier de vouloir bien comparaître au petit lever de Versailles. À ces louanges démesurées, Paul relevait la tête fièrement, se regardait dans la glace, prenait des attitudes folles et livrait à ses flatteurs, d'une main libérale, tout ce qu'il possédait.

Mais, quand il se présenta la dernière fois chez le joaillier pour lui demander de nouveaux sacs d'écus, il fut de prime abord stupéfié par l'étrange physionomie de Finlappi.

« Ah ! monsieur le gentilhomme, lui dit d'un air d'impitoyable moquerie le vieux marchand, ah ! vous y allez de ce train ! je vous croyais quelque peu naïf et inexpérimenté, mais pourtant pas à ce point. En deux mois, vous avez dévoré la fortune d'un comte. Il est vrai que vous êtes marquis ; mais voyez, voici vos reçus (le joaillier avait eu grand soin de prendre de Paul un reçu de chaque somme qu'il lui donnait). Moi, pourtant, je n'ai pas encore vendu votre fameuse escarboucle et, jusqu'à ce qu'elle soit placée, je ne puis plus rien vous donner.

– Plus rien ! s'écria Paul qui avait ce jour-là même plusieurs engagements à remplir.

– Plus rien ! répéta Finlappi d'un ton de persiflage.

– Eh bien ! rendez-moi donc le diamant que je vous ai confié.

– Je ne demande pas mieux, si vous avez la complaisance de me rembourser d'abord les avances que je vous ai faites.

– Misérable ! dit Paul avec un accent de fureur.

– Ne nous emportons pas, mon jeune monsieur ; chacun son affaire ici. J'ai votre diamant entre les mains, c'est vrai ; mais vous avez mon argent : rendez-le moi avec l'intérêt légal, et tout sera fini.

– Mais vous savez que cela m'est impossible.

– Je sais que vous êtes un jeune homme de la plus belle espérance, et que vous avez les plus nobles amis du monde. Allez leur demander quelque cent mille livres que vous me devez, et nous serons bientôt d'accord. Ne vous ont-ils pas juré cent fois qu'ils vous étaient dévoués à la vie et à la mort ? et qu'est-ce qu'une si misérable somme pour des amis qui vous aiment tant ! »

À ces derniers mots, prononcés avec la plus insultante expression d'ironie, Paul ne put se contenir ; il s'élança sur le joaillier, le prit à la cravate et le jeta sur le parquet.

« Au secours ! au secours ! » s'écria d'une voix étouffée Finlappi.

En ce moment, une escouade du guet passait dans la rue ; à ces cris de douleur et de désespoir, les archers se précipitèrent dans

la maison, trouvèrent le vieux joaillier qui gémissait, tremblait, se débattait sous la main vigoureuse de son jeune antagoniste ; et, sans vouloir écouter aucune explication, ils les emmenèrent tous deux en prison.

Dès que Paul, accablé, terrassé par une telle catastrophe, eut recouvré l'usage de sa réflexion, il demanda une plume, de l'encre, et écrivit à chacun de ses fidèles amis une lettre dans laquelle il racontait l'indigne outrage qu'il venait d'essuyer, les odieuses machinations dont il avait été victime, et il finissait en réclamant un prompt secours.

Cette correspondance finie et expédiée, il s'attendait de minute en minute à voir apparaître dans son cachot tous ces braves jeunes gens qui lui avaient fait si souvent tant de magnifiques protestations. Mais un jour, deux jours se passèrent, et personne ne se présentait. Le matin du troisième jour, il était sur sa couche de paille, attendant encore, prêtant l'oreille au moindre bruit, lorsqu'il entendit la voix d'un geôlier qui, le croyant endormi, disait à un de ses camarades :

« Ce jeune homme qui est là et qui a l'air si innocent, figure-toi que c'est un affreux voleur qui a enlevé un des plus riches diamants d'un des plus beaux magasins de Paris, et filouté plus de cent mille livres à un brave joaillier.

– Vraiment ! s'écria l'autre. Est-il possible ?

– Oui, je puis te l'affirmer, car ce joli coquin qui a déjà été en prison pour je ne sais quelle mauvaise action, et qui se fait appeler le vicomte de Basan, l'a dit positivement à notre

camarade Auguste, qui lui portait une lettre de ce jeune homme. »

Ce coquin, ce faux vicomte, était précisément le beau et riant cavalier qui s'était le plus ardemment attaché à la fortune de Paul, et que le pauvre enfant de Franche-Comté regardait comme son ami le plus puissant et le plus dévoué.

En apprenant cette effroyable vérité sur l'un de ses compagnons, il pressentit ce que devaient être les autres, et se roula sur sa couche avec des larmes et des cris de désespoir.

Appelé devant un des fonctionnaires de la police le jour même où il avait fait cette fatale découverte, Paul reprit par l'effet d'une vive réaction sa naïveté première, et raconta simplement, franchement, tout ce qui lui était arrivé, depuis le jour où il avait trouvé le diamant de la vouivre jusqu'à celui où il s'était vu traîné si ignominieusement en prison. Mais celui qui l'interrogeait ne considéra que comme un impudent mensonge l'histoire de la vouivre, et il ordonna aux archers de reconduire l'audacieux voleur au cachot, et de le garder plus étroitement qu'aucun autre.

Dans ce temps-là, on commençait déjà à ne plus ajouter grande foi aux traditions populaires. L'agent de police était d'ailleurs un vieux malin, habitué depuis longtemps à se méfier de toutes les belles paroles et de tous les semblants d'innocence de ceux qu'il sommait de comparaître devant son redoutable tribunal. Et quel moyen de croire qu'il pouvait se trouver dans un ruisseau de la Franche-Comté une couleuvre ailée portant au front, en guise de prunelle lumineuse, un diamant plus gros et plus beau que tous ceux qui parent le diadème des rois ! En vérité, c'était une amère dérision, et le grave fonctionnaire s'en voulait à lui-même d'avoir écouté avec tant de patience un tel conte de vieille femme.

Cependant, on apprit que le joaillier, enfermé comme Paul dans un étroit cachot, barricadé, verrouillé, était parvenu à s'échapper, sans que la sagacité de tous les geôliers réunis pût deviner par quel soupirail, par quelle crevasse il avait pris la fuite. Cet incident inexplicable, et qu'on ne pouvait raisonnablement attribuer qu'à une puissance magique, jeta une première lueur favorable sur la cause du jeune aventurier. Une fois qu'on admettait un sortilège dans cette étrange affaire, il n'était plus si difficile d'en admettre un second.

Puis il se trouva, par bonheur pour le fils du vigneron, un juge très savant et très estimé qui avait voyagé en Franche-Comté, qui avait entendu parler là en maint endroit de l'escarboucle de la vouivre, et qui, en interrogeant lui-même le jeune homme, acquit la conviction qu'en effet le pauvre garçon avait bien pu trouver au bord d'un ruisseau la pierre précieuse, et qu'il n'était coupable que de s'être livré aux égarements d'une folle vie, et d'avoir, ainsi que le rapportèrent les archers, maltraité le joaillier.

Sur le rapport de ce juge, dont l'opinion dominait généralement l'esprit de ses confrères, Paul fut déclaré innocent du crime qui lui était imputé ; et, comme on pensa qu'il était assez puni par toute la douleur qu'il manifestait, par plusieurs jours de prison, de ses actes de violence envers Finlappi, il fut sur l'ordre du tribunal, remis en liberté.

Il se précipita hors de prison avec une explosion de joie impossible à décrire. Il était libre, il respirait l'air de la rue, il pouvait aller, venir à son gré. Mais il se retrouvait seul sur le pavé de Paris, dépouillé de tout, sans ami, sans protecteur, sans une seule âme qui, dans cette ville immense, s'intéressât à sa profonde misère et à son incroyable destinée. Le

sentiment de ses fautes, de son extravagance, lui saisit alors le cœur comme une tenaille de fer. Il s'assit sur une borne au coin d'une rue silencieuse, et pleura, et pria ; et, quand il eut fait cette douloureuse et salutaire prière de l'âme repentante, il se sentit tout à coup animé par une vive résolution, et doué d'une force qu'il ne s'était jamais sentie. Il chercha dans sa poche, y trouva encore quelques sous, dernier reste d'une fortune inouïe, et il partit.

Il partit, il s'en alla tout droit sur la route de Besançon ; sur cette route qu'il avait naguère parcourue avec tant de folles illusions, il y revenait maintenant à pied, la tête penchée, l'esprit désolé, mais guéri de tant de fatales pensées et d'affreuses chimères. Au bout de cette route était le refuge assuré, le toit paternel, le foyer paisible où il pouvait encore rentrer avec un cœur profané, souillé, mais plein de repentir.

À quelque distance de Paris, il rencontra un paysan avec lequel il échangea son habit brodé contre un sarrau, son collet de dentelle contre une cravate de laine, ses bottes à large tige contre une paire de gros souliers, et son feutre à plumes contre un grossier chapeau. Le paysan faisait un bon marché, et Paul se retrouvait avec ce simple costume tel qu'il était autrefois, tel qu'il voulait être désormais.

Quand il arriva au sommet du coteau d'où il s'était retourné pour dire un dernier adieu à son village, c'était à l'heure de midi, par une belle journée de printemps. Les environs de la vallée, déjà couverts de boutons de fleurs, répandaient leurs parfums dans les airs ; les collines, les sillons, les champs étaient tapissés d'une fraîche verdure ; les oiseaux gazouillaient sur les branches de l'aubépine, les flots de la Loue étincelaient aux rayons du soleil entre les rameaux d'arbres, et l'angélus tintait dans le clocher de l'église. Çà et là, on voyait passer sur les collines, dans le vallon, un paysan qui retournait à son travail, une femme qui s'en allait porter le dîner aux ouvriers, un enfant qui courait gaiement le long du sentier, et il y avait dans cette grande et pittoresque nature, éclairée par un beau jour, animée par un mouvement champêtre, inondée de tant de fleurs, parée de tant de grâce, un tel calme et un tel charme que l'imagination de l'homme le plus froid en eût été ravies.

« Ah ! mon Dieu ! mon Dieu ! » s'écria Paul en joignant les mains, et en promenant ses regards avec une profonde émotion sur le tableau qui l'entourait. « Là était le repos, là était le bonheur, et j'ai tout quitté, tout pour une erreur, pour un abîme. Mon Dieu ! pardonnez-moi ! »

En exhalant ce cri de regret, il s'avançait vers la vigne où il avait travaillé avec ses frères ; il se glissait pas à pas comme un coupable derrière une haie de pruniers et, quand il fut parvenu au pied des ceps que cultivait la main de son père, il vit toute sa famille assise sur le sol, partageant le frugal repas du jour ; ses frères et ses sœurs mangeaient d'un bon appétit, ils causaient gaiement entre eux des heureuses apparences de la vigne. Son père, qui semblait les écouter,

avait pourtant l'air soucieux ; sa mère, assise à quelques pas de distance, sa mère, pâle et vieillie, la tête appuyée sur une de ses mains, qui ne mangeait pas, n'écoutait ni ne parlait.

À cet aspect, il ne fut plus maître de lui : un cri irrésistible s'échappa de ses lèvres, son cœur l'emporta.

« Ma mère ! ma mère ! » dit-il ; et il se précipita dans les bras de la pauvre femme, dont la voix s'éteignit dans les sanglots.

« C'est lui ! dit le père en détournant la tête pour essuyer de sa main calleuse une larme

dans ses yeux. Te voilà revenu, mon garçon, et nous ne te demanderons pas ce que tu as fait depuis que tu nous as quittés. Il y a de la besogne ici. Veux-tu t'y mettre bravement, et ne plus songer à toutes les folles idées que tu as prises je ne sais où ? »

**à compte.** Cette expression signifiait : en acompte, payé en avance.
**ajouter foi** *(expression verbale)*. Croire.
**angélus** *(nom masc.)*. Sonnerie de cloches qui appelait, le matin, à midi et le soir, à la prière.
**animadversion** *(nom fém.)*. Blâme, très vive réprobation. Ici : haine, aversion. (Mot peu employé).
**antagoniste** *(nom masc.)*. Ici : adversaire.
**apparemment que...** *(locution)*. Sans doute que...
**arrêt** *(nom masc.)*. Ici : décision.
**arrosé de bien des sueurs.** La petite fortune que possède la famille Dubois lui a coûté beaucoup de peine et beaucoup d'efforts.
**assigner** *(verbe)*. Fixer ; attribuer quelque chose à quelqu'un.
**augure** *(nom masc.)*. De bon augure : qui annonce quelque chose de bon.
**avance** *(nom fém.)*. Ici : acompte. Finlappi avance à Paul une partie de la somme qu'il

espère pouvoir récupérer un jour en vendant l'escarboucle.

**bailli** *(nom masc.)*. Représentant du pouvoir royal dans l'ancienne France.
**banc d'honneur.** À l'église, places réservées aux personnes méritantes.

**calleux, -euse** *(adj.)*. Recouvert(e) de cals, de durillons provoqués par un dur travail manuel.
**capricieux** *(adj.)*. Ici : imprévisible, inattendu.
**cercle** *(nom masc.)*. Ici : club, petit groupe de personnes qui ont les mêmes activités et appartiennent au même milieu.
**chanvre** *(nom masc.)*. On emploie des tiges de cette plante pour faire du fil, à partir duquel on tisse des draps et des vêtements, ou que l'on tresse pour fabriquer des cordages.
**chapelain** *(nom masc.)*. Ici : aumônier ou prêtre catholique au service d'un grand seigneur.
**chimère** *(nom fém.)*. Illusion, imagination extravagante, projet irréalisable.
**clerc** *(nom masc.)*. Homme d'Église ayant reçu les ordres. Vouloir devenir *clerc* ou choisir l'état ecclésiastique, c'était, pour les enfants des familles pauvres, être certain de poursuivre gratuitement des études.

**cohorte** *(nom fém.).* Mot familier pour désigner une troupe de gens.
**collet** *(nom masc.).* Ce mot signifiait : col.
**constitution** *(nom fém.).* Avoir une constitution délicate : être d'une santé fragile, être maladif.
**culottes de soie.** Seuls les nobles et les gens riches en portaient.

**damasquiner** *(verbe).* Incruster un métal de fils d'or ou d'argent. Les artisans de la ville de Damas (Moyen-Orient) étaient réputés dans l'art de réaliser ce genre de travail très apprécié.
**décemment** *(adv.).* Avec décence, avec réserve et dignité. Ici : proprement.
**dépeindre** *(verbe).* Décrire. Ici : raconter.
**dithyrambe** *(nom masc.).* Ici : compliment exagéré.

**ecclésiastique** *(adj. et nom).* L'état ecclésiastique : la fonction de prêtre.
**écu** *(nom masc.).* Ancienne pièce de monnaie en argent.
**égarement** *(nom masc.).* Ici : désordre, erreur morale.
**escarboucle** *(nom fém.).* Pierre précieuse rouge foncé, grenat. Ici il s'agit de l'œil unique de la vouivre.

**escouade du guet.** Petit groupe de soldats chargé de la sécurité des villes.
**essor** *(nom masc.).* Envolée, élan, impulsion.
**extravagance** *(nom fém.).* Caractère de ce qui est bizarre, excentrique, extraordinaire.

**feutre** *(nom masc.).* Chapeau en feutre.
**filouter** *(verbe).* Escroquer quelqu'un, le voler ; avoir un comportement de filou.
**fructifier** *(verbe).* Ici : produire des bénéfices.

**gentilhomme de la Chambre.** Personnage au service du roi, et qui s'occupait de régler les questions matérielles concernant sa vie privée. Cette charge était surtout honorifique.

**hoyau** *(nom masc.).* Sorte de pioche ou de houe pour cultiver la terre.

**ignominieusement** *(adv.).* D'une façon honteuse, ignoble, infâme.
**impérieux** *(adj.).* Qui s'impose avec beaucoup de force, sans qu'on puisse résister.
**impudent** *(adj.).* Inconsidéré, téméraire, faux. Le sens de cet adjectif est très fort.
**instance** *(nom fém.).* Demande pressante.
**intérêt légal.** Quand on emprunte de l'argent, on doit rembourser, en plus de cet argent

prêté (le capital), une somme qui représente un pourcentage de l'argent prêté (les intérêts). Finlappi est habile jusque dans sa malhonnêteté car il demande les intérêts que la loi autorise et rien de plus.

**lamentable** *(adj.)*. Ici : digne de pitié, de compassion.
**lansquenet** *(nom masc.)*. Jeu de cartes où l'on risquait de perdre beaucoup d'argent.
**larcin** *(nom masc.)*. Vol, en général de peu d'importance. Ainsi, quand un enfant vole des bonbons, on dit qu'il commet un larcin. Paul, lui, a commis un véritable vol.
**latin** *(nom masc.)*. Celui qui savait le latin (la langue des Romains de l'Antiquité) était autrefois presque considéré comme un savant.
**lettre de change.** Tout comme actuellement les cartes de crédit et les chèques, elle équivaut à de l'argent.
**lever** *(nom masc.)*. Seuls les familiers du roi étaient admis à assister au petit lever, et c'était un grand honneur que d'y être invité.
**libéral** *(adj.)*. Ici : généreux, prodigue.
**libéralement** *(adv.)*. Généreusement.
**livre** *(nom fém.)*. Cent mille livres équivalaient à une très forte somme d'argent.

**maint** *(adj.)*. Au bord de maint lac : de nombreux lacs.
**manœuvre** *(nom masc.)*. Travailleur manuel.
**marguillier** *(nom masc.)*. Le marguillier gérait les dépenses de son église. C'était un notable.
**Mélusine.** Fée du Moyen Âge qui pouvait se transformer en serpent et qui aimait se baigner dans les lacs et les fontaines.
**mines du Brésil, montagnes de l'Oural.** Les mines du Brésil (Amérique du Sud) et les monts de l'Oural (qui séparent l'Europe de l'Asie et qui appartiennent maintenant à l'Union soviétique) regorgent de métaux qui en font leurs richesses naturelles.

**onde** *(nom fém.)*. Nom poétique de l'eau.
**opiniâtrement** *(adv.)*. D'une manière tenace, obstinée.

**parage** *(nom masc.)*. C'est un ancien mot pour dire origine. Haut parage = noblesse.
**persiflage** *(nom masc.)*. Moquerie, raillerie sournoise et méchante.
**physionomie** *(nom fém.)*. Expression, traits du visage. À sa bonne figure, Finlappi sait tout de suite que Paul Dubois est très naïf. Il pourra donc abuser de lui.

**pilastre** *(nom masc.)*. Colonne ou pilier décoratif.
**pressentir** *(verbe)*. Ici : éprouver, ressentir.
**promptement** *(adv.)*. Rapidement.
**protestation** *(nom fém.)*. Ici : déclaration sincère.

**résolution** *(nom fém.)*. Ici : décision.
**rustique** *(adj.)*. Simple, modeste, robuste, sans complications.

**sagacité** *(nom fém.)*. Intelligence, attitude réfléchie, bon sens.
**sarrau** *(nom masc.)*. Tablier, blouse de travail.
**serpette** *(nom fém.)*. Petite serpe servant à couper du petit bois, des sarments de vigne, etc.

**tabellion** *(nom masc.)*. Autrefois, fonctionnaire fort bien payé qui jouait le rôle de notaire.
**tertre** *(nom masc.)*. Élévation du terrain, monticule dont le sommet est plat.
**toiser** *(verbe)*. Ici, apprécier, mesurer la taille.

Dans la même collection

Les Fleurs de la petite Ida. Contes d'Andersen.

La Petite Sirène. *Hans Christian Andersen.*

La Chatte blanche. *Madame d'Aulnoy.*

Histoire d'un pantin. *Carlo Collodi.*

*La Chèvre de M. Seguin. Le Curé de Cucugnan. Alphonse Daudet.*

Cuore. *Edmondo De Amicis*

Conte dû à la plume de Mlle Alice Rainbird. *Charles Dickens.*

La Crinière du lion. *Sir Arthur Conan Doyle.*

Un âne qui a peur du feu et de l'eau. *Alexandre Dumas.*

Les Trois Demoiselles du père Maire. *Louis Dumur.*

L'Araignée crabe. *Erckmann – Chatrian.*

Abeille. *Anatole France.*

Le Capitaine Fracasse. *Théophile Gautier.*

La Clé d'or. Contes de Grimm. *Jakob et Wilhelm Grimm.*

Tipiti le rouge-gorge. *René Guillot.*

L'Homme qui ne pouvait dormir. Contes populaires du pays de Bitche. *Recueillis par Ulysse Hinglais.*

Poésies et chansons de Victor Hugo.

Le Phoque blanc. *Rudyard Kipling.*

La Fille bien gardée. *Eugène Labiche*

Fables choisies. *Jean de La Fontaine.*

La Belle et la Bête. *Mme Leprince de Beaumont.*

Le Parapluie et autres contes. *Guy de Maupassant.*

Tamango. *Prosper Mérimée.*

Les Faux Saulniers. *Gérard de Nerval.*

Le Chien de Brisquet. *Charles Nodier.*

La Barbe Bleue. Le Chat botté. *Charles Perrault.*

Manuscrit trouvé dans une bouteille. *Edgar Allan Poe.*

Les Aventures fantastiques du géant Pantagruel. *François Rabelais.*

Poil de Carotte (théâtre). *Jules Renard.*

Jean le Teignous. Contes populaires de Haute-Bretagne. *Recueillis par Paul Sébillot.*

Les Mémoires d'un âne. *Comtesse de Ségur.*

Robur le Conquérant. *Jules Verne.*

Comptines. *Choisies par Georges Jean.*

Flore et Blanchefleur.

Le Roman de Renart.

Histoire du cheval de Hatem Taiy. *Ibn 'Abd Rabbih.*

Poussières d'images. *Choisies par Georges Jean.*

Les Trois Jouvenceaux et les trois fées. Contes du XVI$^{e}$ siècle.

Le Vilain mire. *Fabliaux du Moyen Âge.*

Composition MAURY, Malesherbes.
Photogravure NUANCES GRAPHIC, Montrouge.
Impression AUBIN, Poitiers.
Dépôt légal : septembre 1987 – N° éditeur : 14141.
Imprimé en France (Printed in France) – 870255 septembre 1987.